청소년 마음 시툰

안녕, 해태 1

청소년
마음 시툰

안녕, 해태 1

글·그림 싱고

창비

시와 그림으로 만나는 새로운 시 읽기

시골집 샘가에 오래된 펌프가 있었습니다. 마중물을 붓고 펌프질을 하면 물이 콸콸 터져 나왔습니다. 눈앞이 시원했습니다. 녹물이 나오다가 이내 맑은 물이 나왔지요. 그 물로 쌀도 씻고 빨래도 하고 한여름엔 등목도 하며 자랐습니다. 물을 끌어오기 위해 붓는 마중물처럼 이 책도 '시툰(詩+Webtoon)'이라는 형식으로 새로운 시 읽기의 물꼬를 터 보고 싶은 마음에서 비롯되었습니다.

시를 재구성할 수 있는 방법이 무엇일까? 시를 그림으로 표현하는 '삽화'에서 나아가, 이야기로 꾸려 보면 어떨까? 혹여 '시툰'이라는 형식이 시의 선명함과 보편적인 해석을 방해하지 않을까? 하는 고민을 안고 작업을 진행했습니다. 회를 거듭하면서 그림과 시, 어느 한방향으로 치우치지 않도록 수평을

맞추는 것이 커다란 과제였습니다. 시와 그림이 기찻길처럼 나란히 가거나 교차하면서 제 몫으로 어울리길 바랐습니다.

시, 특히 교과서에 나오는 시라고 하면, 으레 고리타분하게 여기는 경우를 종종 봅니다. 시는 지나간 '옛것'이 아니라, 현재에 생생하게 되살아오기도 합니다. 좋은 시는 타인과 공감할 수 있는 지혜를 주고 우리가 어엿하게 살아가도록 마음을 힘 있게 세워 줍니다.

그런 점에서 청소년들이 시를 친근한 형식으로 만나게 하는 일은 의미가 있습니다. 시를 어렵게 생각하는 청소년들이나 학교를 졸업한 이후 시를 접하지 못한 분들, 교육 현장에서 다양한 방식으로 시를 톺아보고 싶은 분들께 이 책을 권하고 싶습니다.

작가의 말을 쓸 때쯤이면 하나의 이별을 겪습니다. 그것은 물집처럼 웅크렸다가 사라집니다. 한동안 등장인물인 잔디와 해태의 마음에 들어가 살았습니다. 교복 입은 학생이 잔디처럼 보였고, 지나가는 길고양이가 해태처럼 보였습니다. 이들과의 동행은 즐겁고도 괴로운 일이었습니다. 결말을 따로 정해 놓고 진행한 이야기가 아니었기에 잔디와 해태가 저를 이끌고 간 것이나 마찬가지입니다. 여기까지 함께 와 줘서 좋았다고 말하고 싶습니다.

수록을 허락해 주신 시인들께 인사를 올립니다. 성근 부분을 깁고 메워 주신 서영희 편집자님과 묵묵한 응원으로 힘을 주신 김현정 님, 알맞게 틀을 잡아 주신 디자이너 김선미, 장민정 님, 거듭되는 수정을 반영해 주신 이주니 님께 고마움을 전합니다. 결말에 흥미로운 의견을 보탠 북평여고 1학년 이민경 학생을 비롯한 여러 학생에게도 안부를 묻고 싶군요. 친구 j와 반쪽 동욱, 네발 달린 가족 이응옹과 배호에게도 사랑을 건넵니다.

교과서에 수록된 작품들을 염두에 두고 시를 고르고, 이야기를 엮는 것은 운동선수가 체급을 바꾸고 다른 종목에 도전하는 것처럼 만만치 않았습니다만, 그럴 때마다 시는 삶의 겨드랑이에 손을 넣고 저를 번쩍 들어 올려 저 너머를 보여 주었습니다. 시는 어쩌면 우리 안에 있는 어질고 너그러운 마음, 맑게 반짝이는 마음을 잘 지키라고 있는 것인지도 모릅니다. 그것을 전하라고 잔디와 해태가 제게 온 것인지도 모르겠군요.

요양원에 계신 어머니께 가장 먼저 이 책을 보여 드리고 싶습니다.

\ 차례 /

＼ 등장인물 소개 ／

김잔디

강릉에서 할머니와 살다가
아버지를 따라 서울로 전학 왔다.
책을 좋아하고 말수가 적은 편.
천상계 동물인 해태를 만나
시심(詩心)을 키워 나간다.

푸쉬-

해태

천상계의 승격 시험에 번번이 낙제한 벌로
인간계로 내려온 영물.
잔디와 함께 문학적 소양을 쌓기 위해
시를 읽지만 고양이로 위장해
인간계에서 사는 것을 꿈꾸기도 한다.
물과 불을 다스려야 하지만, 스킬 미획득.

잔디 할머니 **홍인숙**

막국수 식당 사장님

잔디 아빠 **김현**

무협 소설가

잔디의 친구들

이예지

고미린

황인경

장호연

"눈에 보이지 않는 것들 중에서
제일 아픈 건 마음이에요."

\ 프롤로그 /

첫 만남은 콰지직 쾅!

하필 소풍이라니.

집에 가고 싶다.

호기심 어린 시선을 받는 게
어색하다.

뻘쭘

혼자가 마음 편하다.

무리에서 떨어져 나와

인적이 드문
쪽으로
걸어가는데

문득 이상한 느낌이 들었다.

뭐지?
이 싸한
느낌은.

아까부터 누군가
나를 훔쳐보는 것 같아서

이상하네···.

주위를 둘러보면 아무도 없었다.

딸랑 딸랑 딸랑!

그 순간 방울 소리가 들렸다.
들릴 듯 말 듯 작은 소리였다.

거기, 너!
내 목소리 들려?

그건 분명!

해태 석상에서 울리는 소리!

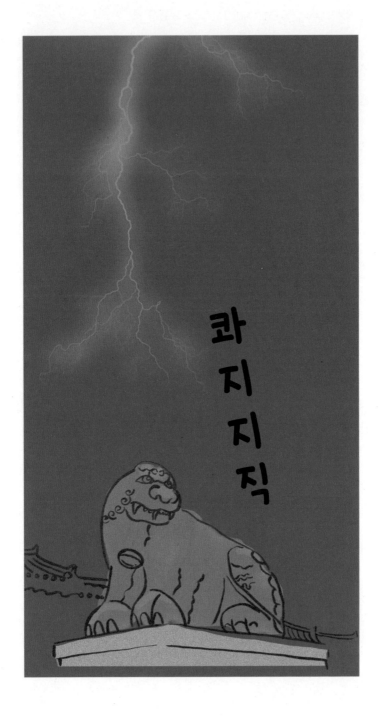

호랑이도 수달도 아닌 이상한 생물이
내 앞에 착지했다.

네가 먼저
결계를 깼으니
당분간
네가 나 좀
보살펴 줘야겠어!

겨··· 결계라니?
무슨 소리야.
내가 왜 너를
보살펴야 하지?

나님은
인간들의 눈에
띄면 안 되는
상상의 동물이라고!

인간은
천상계 동물과
말을 섞으면 안 되는데
너 금방 나랑 말 섞었잖아.

그때부터였다.

앞장서!

우렛소리와 함께 하늘을 찢고

유성처럼 나타난
해태와의 기묘한 동거가 시작된 것은.

유성

오세영

밤하늘은
별들의 운동장
오늘따라 별들 부산하게 바자닌다.
운동회를 벌였나
아득히 들리는 함성,
먼 곳에서 아슴푸레 빈 우렛소리 들리더니
빗나간 야구공 하나
쨍그랑
유리창을 깨고
또르르 지구로 떨어져 구른다.

잔디를 처음 본 해태

저 여자 사람으로
정했어!

동글동글하니 거절
못 하게 생겼네.

킥!

\01/
이 몸은 고양이야

천상계가 아니라
입시 지옥이야!
맨날 문학 시험
떨어지고··· 짱 나.

천상계라고
최첨단이 아니구나.
시험이라니, 인간계랑
다르지 않네!

그래서 말이야.
일단은 지상계에서
좀 머물면서
생각해 봐야지.

지상계 고양이로
사는 것도
나쁘지 않을 듯.

고양이?
굳이 왜?

잔디야!
나님의 외모를
자세히 좀 봐.

이 치명적인
뒤태!
고양이를
닮았잖아!

곧게 쭉
뻗은 수염!

고요히
앙다문 입술

앙~

생기발랄한
에너지

까르르

호동그란 눈을 봐.
영롱 영롱해!

고양이인 척 살아가면
천상계 시험을
안 봐도 될 거 아냐.

난 망했어.
어른 해태가
되는 건 불가능해.
시험을 봐도
또 낙제할 거야.

음··· 일단 진정하고
같이 방법을 찾아보자.

히유···.
택배 온 짐만
정리하는 건데
힘들다.

네, 아빠.
짐은 많지 않아요.
네, 괜찮아요.

와! 오늘 날씨 좋다!
해태야, 옥상 가 볼까?

드르르르륵─

봄은 정말 고양이 같아!
꽃가루처럼 부드럽고
바람도 따뜻하니까.

뭐, 그럭저럭.

햇살이 포근해서 졸려….
꼭 봄 이불을
덮은 것 같다.

이렇게 누우니
나도 고양이가
된 기분이야.

그날 나는 어렴풋이 예감했다.

어느 날 갑자기
길고양이처럼 찾아온
해태로 인해
많이 슬퍼할 날이 오리란 걸.

봄은 고양이로다

이장희

꽃가루와 같이 부드러운 고양이의 털에
고운 봄의 향기가 어리우도다

금방울과 같이 호동그란 고양이의 눈에
미친 봄의 불길이 흐르도다

고요히 다물은 고양이의 입술에
포근한 봄의 졸음이 떠돌아라

날카롭게 쭉 뻗은 고양이의 수염에
푸른 봄의 생기가 뛰놀아라

고양이 반상회에 나간 해태

어머머!
저 이마에
무늬는 뭐야?

홍대에서
타투했나?

안냐세요.
해태라고 해요.
잘 부탁····.

\02/
혼자 잠든 밤

서울, 잔디네 집.

네, 할머니.
거의 다
정리돼 가요.

할미가 밑반찬
넉넉히 보냈으니까
택배 잘 받고
받자마자 냉장고에
넣어 둬라, 알았지?
밤늦게 돌아다니지
말고 문단속 잘하고···.

네, 할머니.
너무 걱정하지 말고
얼른 주무세요.

흠····.

세 살 때 엄마가
돌아가신 뒤로
쭉 할머니와 살았다.
엄마 얼굴은
기억나지 않는다.

내가 살던 곳은 '남항진'.
강릉 남대천의 민물과 동해가 만나는 곳에 자리한
한적한 바닷가 마을이다.

할머니는 남항진에서 막국수 식당을 했는데
1층이었던 건물을 2층으로 올릴 정도로 장사가 잘됐다.

TV에 맛집으로 소개되어 입소문을 탄 뒤
사람들이 번호표를 받고 줄을 설 정도였다.

할머니는 젊었을 적에 노래를 잘해서
별명이 카나리아였다고 한다.
물론 지금은 가게 간판명으로 쓰이지만.

사랑의 미로오오오오

가수의 꿈을 이루지
못해서 그런지
할머니는 노래방에 가면
마이크를 절대 놓지 않는다.

강릉을 떠나던 날
할머니가 내 손에 쥐여 준 것은

우리 잔디
할미가 보고 싶어
어쩌누.

통장이었다.

꼭 필요할 때만 아껴 쓰라는 당부도 잊지 않았고
내가 안 보일 때까지 손을 흔드셨다.

늘 호탕하고 씩씩했던
할머니의 울 것 같은
모습을 그날 처음 봤다.

나도 코끝이 시큰거렸다.

봄이면 숭어가, 가을이면 연어가
물살을 거슬러 남항진으로 올라온다는 걸
할머니가 알려 주었다.

가을이면 국화를 따다가
포푸리를 만들어서

잠들 때마다 은은한 국화 향기가 나도록
베개 속에 넣어 준 사람도 할머니다.

내가 서울로 이사 온 건
더 크고 다른 세상을 만나기 위해
먼바다로 헤엄을 치는 것과 같은 걸까?

그렇지만 왜 나는 할머니의 손을
놓친 것만 같은 기분이 드는지.

서울에서 혼자 맞는 첫날 밤
쉽게 잠이 오지 않아 몸을 뒤척였다.
국화 냄새가 나서, 할머니가 보고 싶어서
눈물이 핑 돌았다.

성장

이시영

바다가 가까워지자 어린 강물은 엄마 손을 더욱 꼭 그러쥔 채 놓지 않았습니다. 그러다가 그만 거대한 파도의 배 속으로 뛰어드는 꿈을 꾸다 엄마 손을 아득히 놓치고 말았습니다. 그래 잘 가거라 내 아들아. 이제부터는 크고 다른 삶을 살아야 된단다. 엄마 강물은 새벽 강에 시린 몸을 한번 뒤채고는 오리처럼 곧 순한 머리를 돌려 반짝이는 은어들의 길을 따라 산골로 조용히 돌아왔습니다.

자취방에서 잔디

아니, 이 새벽에···
해태 얘가 아직도
안 들어왔네!

그 시각, 24시 마트에서 해태

우왁! 해태깡이다!

대박 사건!
내 이름 딴
과자가 있어.

\03/
바다 같은 마음, 파도 같은 마음

우울해서
단 게 당기길래
과자 좀
사 왔어.

철푸덕

왜 우울해?
무슨 일 있었어?

에휴.

사실은・・・.

어젯밤에
망원동에 갔었거든
친구 좀 만들어 볼까 하고.

그 동네에 힙한 냥이들이 많다고 해서
소문 듣고 갔는데···.

어느 크루에서
놀던 앤지
확인해 보자.

얘, 얘들아!
왜 내 응꼬 냄새를!

킁킁.

흠흠.

냄새가 썩 맘에 들지는
않지만 뭐, 우리 크루에 끼고
싶으면 친구 너도 성의를 좀
보여 줘야 하지 않겠니?

참치 캔이나 뭐 그런 거.
네가 이 동네 룰을 잘 모르는 것
같아서 알려 주는 거야. 블라블라.

아··· 캔!

뭐야, 밖에서
그런 일이나 당하고!
그래서 우울했구나.

말로만 듣던
캔 셔틀을
당할 줄이야···.

난 천상계 영물이라
친구를 미워하거나
나쁜 맘을 먹으면 아프거든.
나 지금 몹시
육신이 쑤셔.

생각할수록
친구가 아니라 원수야!
아니, 원수보다 미운데
무슨 친구야!
배까지 발라당
보여 주는 게 아니었어!

아아아아아앙

우유라도 데워 줄까?
더 아프면
어떡해····.

아냐, 입맛도 없어.
아무래도 내 마음은
간장 종지만 한가 봐.
바다처럼 너그럽게
이해하고 싶은데
그게 잘 안돼.

너무 자책하지 마.
냥이들 잘못도 있어.
거친 냥이들이네.
텃세나 부리고····.

몸살 오네, 에취.

해태야, 딴생각하자.
계속 미워하다가
더 아프면 안 되니까.

탁 트인
바다 같은 거
상상하면서
심호흡····.

가만 생각해 봐.

바다도 멀리서 보면 잔잔해 보이지만
가까이에서 보면
파도가 사납게 물결치잖아.

쏴아아아ㅡ

파도가 잔잔해지듯이
미워하는 마음이 가라앉을 때까지
기다려 보자.

모두와 친구가
될 순 없지만
너그럽게 대할 수는
있지 않을까?

그래, 좀 따분한
얘기긴 하지만 틀린 소린 아니네.
네 얘기 들으니까 어쩐지 마음이
차분해지는 것도 같아.

동해 바다— 후포에서

신경림

친구가 원수보다 더 미워지는 날이 많다

티끌만 한 잘못이 맷방석만 하게

동산만 하게 커 보이는 때가 많다

그래서 세상이 어지러울수록

남에게는 엄격해지고 내게는 너그러워지나 보다

돌처럼 잘아지고 굳어지나 보다

멀리 동해 바다를 내려다보며 생각한다

널따란 바다처럼 너그러워질 수는 없을까

깊고 짙푸른 바다처럼

감싸고 끌어안고 받아들일 수는 없을까

스스로는 억센 파도로 다스리면서

제 몸은 맵고 모진 매로 채찍질하면서

근데 잔디야!
아까부터 너 뭐 읽고
있었어? 나도 보여 줘.

아빠가 쓴
무협 소설이야.
너도 한번 읽어 볼래?

\04/
발표가 뭐길래

저번 주에
'소중한 가족'에 대해
글쓰기해 오라고
한 거 잊지 않았지?

네에-

드르륵

Delete 키를 눌러서
'순간 삭제' 하고 싶은
시간이 있다면 바로 지금이다.

전 소, 소중한 사람,
아빠에 대해
썼습니다.

안 더듬던 말까지 더듬고
입술이 바짝바짝 마른다.

아빠는 소설을 쓰는데요.
유명한 작가는 아니지만
지금까지 열한 권의
무협 소설을 썼어요.
줄거리는··· 읽어 드릴게요.

도롱뇽이란 주인공이
무림 고수가 되기 위해
무술을 연마하러
절에··· 블라블라.

김잔디!
더 크게.

잘 안 들려.

뭐?

주인공 이름이
도롱뇽이래.

다리는 후들거리고
자꾸만 목소리가 기어들어 간다.

기억나지는 않지만
내가 어릴 적에
아빠는 엄마 대신 책을
읽어 주셨다고···. 웅얼웅얼

아빠가 책을
읽어 주신 이유는
엄마가 세 살 때···.

저기, 선생님!
죄송한데요···.
뒷부분을 다 못 써서요.

제목 '아빠의 꿈'.
아빠의 어릴 적 꿈은
종군 기자였다.
지금은 JTBT 방송국에서
PD로 일하고 계시지만
TV에서 시리아 내전에
관한 뉴스가
나올 때면 입버릇처럼
말씀하신다.
내 꿈이 블라블라...

그래, 예지가 딱소리 나게
서 왔네! 박수 한번 치자!
오늘 숙제 못 낸 사람은
다음 시간까지 꼭 내도록!

휴··· 발표 같은 거 지구에서 없어져라.
머릿속에 엉킨 실이 꽉 찬 것 같다.

급피곤····

반장은 어떻게
하나도 안 떨고
발표를 할 수 있지?

그런 친구가 있다.
남의 시선이 집중되는 걸 즐길 줄 아는 친구.

다른 사람의 관심을 자연스럽게 끌어내는
재능이 있는 친구.

걸 그룹으로 치자면
센터 자리가
잘 어울린달까.
나와는 다른 부류다.

발표할 때 뒷부분을 쓰지 못했다고
말한 건 거짓말이다.
엄마 얘기라 읽고 싶지 않았을 뿐.

솔직하게 써야 좋은 글이라는데
너무 솔직하게 쓴 글은 오히려 남들 앞에서
읽을 수 없는 건지도····.

그리고 오늘 발표를 망쳐 버려서
아빠가 오랜 시간 공들여 쓴 소설을
괜한 웃음거리로 만들어 버렸는지도 모른다.

원래 하려던 말은
그게 아니었는데···.
정말 그게 아니었는데···.

발표, 나만 그런가?

박성우

말은 입 안에 꽉 차 있는데 입이 떨어지지가 않아
겨우 개미만 한 말만 기어 나와 웅얼웅얼 웅얼거려
겨우겨우 꺼낸 말은 불어 터진 면발처럼 뚝뚝 끊어져
겨우겨우 꺼낸 말은 오토바이를 타고 씽씽 지나가
자 천천히 발표하도록 하자, 선생님 말을 들으면
아, 어디까지 말했더라? 말은 배배 꼬여 나오고
머릿속은 텅 빈 교실처럼 텅 빈 운동장처럼 텅텅 비어
오징어가 된 몸을 흐느적흐느적 흐느적대다 보면
입술은 바짝바짝 말라 오고 다리는 후들후들 떨려 와
우물우물 나오려던 말조차 목구멍 속으로 쏙 들어가
정신 바짝 차리고 아랫배에 힘을 주고 말하려 하면
방귀가 나올 것만 같고, 갑자기 오줌은 마려 오고
자 힘내라고 박수 한번 쳐 주자, 짝짝 짝짝짝
얽히고설킨 말과 생각은 실처럼 꼬여 헝클어지고
하려고 하는 말은 안 나오고 애먼 말만 삐져나와
눈치코치도 없이 어이없는 웃음만 실실 나오려 해
떠듬떠듬 중얼중얼 흐느적흐느적 버벅대다가
무슨 말을 했는지도 모르게 떠들다 발표를 마쳐
고개를 푹 숙이고 멋쩍게 돌아가 자리에 앉으면
원래 내가 발표하려고 했던 말들이 줄줄이 생각나

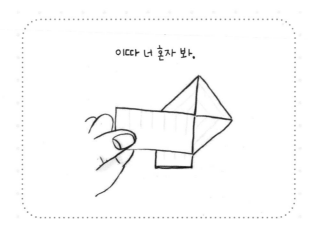

05
내 건 검은색에 흰 줄, 네 건 하늘색에 흰 줄

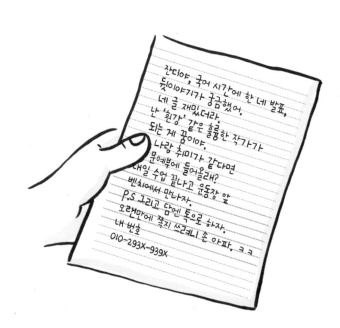

해태야, 사실
나한테 먼저 다가온 친구는
예지가 처음이야.

그 친구, 네가
마음에 들었나 봐.
잘됐다!

예지랑 나, 베프가
될 수 있을지도 몰라.

난 아직도
망원동 냥이들이 무서운데···.
잘해 봐! 김잔디!

다음 날, 운동장 앞 벤치.

김잔디!
여기!

어!
안녕.

교실에서 맨날 보는데
여기서 만나니
좀 쑥스럽다, 그치?

응.

어색─

잔디 너랑 나
실내화 같은 거다.

네 건 검은색에 흰 줄
내 건 하늘색에 흰 줄이다.

근데 보통 이 실내화
많이 신지 않아?

야, 나 너랑
공통점 찾고 싶어서
괜히 해 본 말이야.
흥칫뿡!

엇, 그런
거였어?

너 좀 무뚝뚝한 매력 있다.

에이, 내가 뭘···.

우리, 오늘 친구된
1일 기념으로 실내화나
바꿔 신을까?

좋아.

맞다!
아까부터 무슨 책
들고 있었어?

아, 아빠가
추천해 주신 책이야.
『아몬드』라고···.

우와! 부럽다. 아빠가 책 추천도 해 주시고
우리 아빤 맨날 야근만 하는데···.

보고 싶으면
빌려줄게.

생각해 봤니?
문예부 동아리 들어오는 거?

들어올래?

응! 같이 하자.
재밌을 것 같아.

예지와 실내화를
바꿔 신으니 어쩐지
두 배로 가까워진
느낌이 든다.

언제나 반쪽이 모자란 듯 비어 있던
친구의 자리, 그 절반이 점점
채워지는 느낌이다.

찰칵

예지야, 너는 알까?
네가 먼저 다가와 줘서
세상이 온통 내 것같이 기뻤다는 걸.

겨우 실내화 한 짝씩 바꿔 신은 것뿐인데
너와 내가 하나로
묶인 것 같은 기분을 느꼈다는 걸.

얼른 가서 해태한테
자랑해야지!

절친

복효근

내 건 검은색에 흰 줄
진영이 건 하늘색에 흰 줄

진영이와 나는 슬리퍼 한 짝씩 바꿔 신었습니다.
나는 내 것 왼쪽에 진영이 것 오른쪽
진영이는 내 것 오른쪽에 진영이 것 왼쪽

서로의 절반씩을 줘 버리고 나니
우린 그렇게 절반씩 부족합니다.

서로의 부족한 절반을 알고 있기에
그 서로의 반쪽이 우리를 하나로 묶어 주었습니다.

한쪽 날개밖에 없는 두 마리 새가 만나
두 날개로 하나 되어 날아간다는 비익조처럼
우린 둘이서 하나입니다.

실내화 한 짝씩 바꾸어 신었을 뿐인데
내가 두 개가 된 느낌
내가 두 배가 된 느낌

힘도 꿈도 깡도
하나이면서 둘인, 둘이면서 하나인
온 세상이 온통 우리 것 같은 느낌입니다.

\06/
노릇노릇 햇빛 먹는 날

미세 먼지한테
허락받았어?
나가도 좋대?

와! 오늘 날씨 완전 좋아.
황사도 없고.

응! 얼른
나갈 준비해.
한강 가 보자!

이 정도는 입어 줘야
한강에서 자전거 좀 타 봤구나 하는
소릴 듣는 거 아니겠어?

선 캡 장착
팔 토시 필수
선크림 듬뿍듬뿍.

강릉 바다도 좋지만
서울 한강도 참 멋지다!

씽씽-

여기가 좋겠다!
잔디야, 우리도
여기에 자리 잡자.

햇살이 투명해서 나뭇잎 잎맥까지
비쳐 보인다.

눈 부셔.

햇살이
풍년이네!

잔디야, 난 햇빛 받으면
꼭 애벌레가 된 것 같아.
햇빛을 씹고 뜯고 맛보고 즐기고
야미야미
냠냠.

갑작갑작

난 할머니가 생각나.
이맘때 고사리를 데쳐서 햇볕에 말리곤 하셨거든.

아휴, 볕 좋다!

한 광주리 가득했던 고사리가 꼬들꼬들하게 마르면
실뭉치처럼 가벼워져.

난 그게 햇볕의 무게라고 생각했었어.

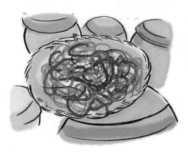

장독에
손바닥을 대면
뜨끈뜨끈했는데····.

잔디 너 햇볕을
만진 거구나!

오! 해태님,
지금 상당히 시적인
표현을 하셨습니다!

흣, 그러고 보니
나 뿔이 좀 자란 것 같아.
그새 문학적 소양이란 게
생겼나?

그러고 보면 잔디 너도
참 신기하다!
남들이 보지 못하는 것을
너만의 생각으로 표현하니까.

천상계 전문 용어로
그걸 시심(詩心)이라고 하지.

시심?

원래 모든 사람의 마음속에는
천상계의 시심이 있는데,
나쁜 맘을 먹으면 점점 약해지거든.

넌 분명
시심이 강한
아이일 거야.
이따만 하게!

그나저나 잔디야.
너, 다른 사람 있을 때는
나랑 말 섞지 않는 게
좋겠다.

왜?

꼼지락

왜냐하면

나는 다른 사람들
눈에는 안 보이거든.

이상하게
보일걸?

아, 맞다!
남들이 보면
혼잣말하는 줄
알겠다.

아무튼 네가 나
돌봐 주기로 한 거
잊지 마.

응!

약속해!
난 손가락이 짧아서
걸 수 없지만.

걱정 마, 약속!

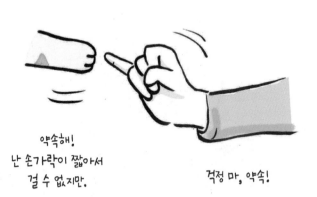

햇살이 좋아서
저 하늘의 끝까지
투명하게 보일 것 같았던 그날

햇빛
자알 먹었다!

간만에
과식했네.

나는 해태와
새끼손가락을 걸었다.

허락된 과식

나희덕

이렇게 먹음직스러운 햇빛이 가득한 건
근래 보기 드문 일

오랜 허기를 채우려고
맨발 몇이
봄날 오후 산자락에 누워 있다

먹어도 먹어도 배부르지 않은
햇빛을
연초록 잎들이 그렇게 하듯이
핥아 먹고 빨아 먹고 꼭꼭 씹어도 먹고
허천난 듯 먹고 마셔 댔지만

그래도 남아도는 열두 광주리의 햇빛!

07

푸른 바다에 고래가 없다면

아빠가 요즘
『도롱뇽의 의천도룡기』
프리퀄을 쓰고 있는데 말이야.
도롱뇽이 스승님께 무공을
전수받기 위해 아뿔사란
절에 들어가게 되거든.
첫 번째 퀘스트가
바람으로 대나무 가르기야.

아, 네.

아빠도 고래처럼
큰 꿈이 있단다!
『도롱뇽의 의천도룡기』
대작을 완성하는 거지!

이왕이면 향유고래 같은
꿈 꾸시면 좋겠네요.
용연향인가?
고래 배설물이 로또보다
비싸다던데···.

하, 하핫;
우리 잔디가 상당히
현실적으로
성장하였구나‥‥.
(사춘긴가?)

그런데 아빠,
꼭 뭐가 돼야
하나요?

그래도 청년이라면
모름지기 가슴에
고래 같은 꿈 하나
정도는 품어야 하는 법!

그럼 잔디 넌
장래 희망이나
꿈꾸는 거 없어?

전 그냥 문학 덕후일 뿐
뭐가 되고 싶은 마음은
아직l도 없어요.

하긴 아빠도 그때댄
아무 생각 없었어.
수학 8점 받고 그랬다.

퍽 위로가 되네요.

아빠는 가끔 그런 생각을 해.

바다가 푸른 이유는
고래를 위해서라고.

고래가 수평선 위로
솟구칠 때 있잖아,
그때 별을 보여 주기 위해
바다가 있는 거라고.

마찬가지야.
소설 쓰다가 지칠 때,
다 그만두고 싶을 때

단 한 명의 독자라도 세상 어딘가에서
나의 고래를 응원할지도 모른다고 생각해.
그런 게 희망이라고.

고래를 키우건 안 키우건
그건 네 맘이지만,
고래를 키우는 사람만이
바다를 만날 수 있는 게
아닐까?

우리 잔디가 오니
오래간만에 입이 좀
풀리네. 훗… 어쩔 거야,
이 감수성….

취한다,
이 감성….

아무튼, 차근차근 생각해 보렴.
뭐가 되고 싶은지···.

가끔 무심한 아빠한테
섭섭한 마음이 들 때도 있지만

어떤 때는 요즘 내 고민을
꿰뚫어 보는 것 같아서 속으로 놀란다.

이번 생에 뭔가 되고 싶은지
나는 아직 미지수.

딱히 잘하는 것도 없고
지금 이대로도 괜찮은데···.
성공한 덕후가 되는 것도
쉽지 않겠지?

어른이 된다는 건
생각보다 두려운 일일지도 몰라.

이십 년 후
나는
어떤 모습일까?

자란다는 건 어려운 거구나.

꿈을 결정하고
마음속에 고래 한 마리
키운다는 건.

고래를 위하여

정호승

푸른 바다에 고래가 없으면

푸른 바다가 아니지

마음속에 푸른 바다의

고래 한 마리 키우지 않으면

청년이 아니지

푸른 바다가 고래를 위하여

푸르다는 걸 아직 모르는 사람은

아직 사랑을 모르지

고래도 가끔 수평선 위로 치솟아 올라

별을 바라본다

나도 가끔 내 마음속의 고래를 위하여

밤하늘 별들을 바라본다

* 강원도 원주에 위치한 토지문화관은 창작 활동을 지원하기 위해 작가들에게 집
  필실을 제공합니다. 토지문화관 옆에는 소설가 박경리의 집이 있습니다.

\08/
내 마음이 들리니?

그 애를 처음 본 날.

어, 예지야.
어디 가?

학원 가려고.

아, 둘이
처음 보지?

이 친구는 황인경!
초등학교 동창이자 오래된
남자 사람 친구.
문예부 총무를 맡고 있어.

안녕!

얜 김잔디!
얼마 전에 전학 왔어.
잔디 글 완전 잘 써.

오!

야,
내가 뭘.

애들아,
근데 나 늦었어.
엄마가 밖에서 기다리셔.
나중에 같이 엽떡
먹으러 가자!

잘 가!
문예부 모임 때
보자!

안녕!

예지가 가고
그 애와 나 사이에
잠시 어색한 침묵이 흐를 때

밖에서 시원한 빗소리가 들렸다.

그 애가 말했다.

우산 없지?
비 맞지 말고
이거 쓰고 가.

너는
어떡하고?

난 뛰어가면 돼!

또 보자!
김잔디!

읏! 차거.

탁!

탁!

심장이 있다는 걸
잊고 지냈는데

가슴이 뛰어서
심장이 여기 있는 줄 알겠다.

가슴에서
심장이 뛴다.
여기 있다고 신호를 보내듯이.

두근두근

꼭 마음속에 작은 요정들이 들어와

쏴아아아아아

한꺼번에 작은북을 두드려 대는 것 같다.

쿵, 쿵, 쿵
심장이 북을 친다.

지금 내 마음이 북이다.

북

최승호

고래들이 꼬리를 들어
바다를 친다
탕 탕 탕
바다가 커다란 북이다

하늘에서는 천둥이 친다
쾅 콰앙 꽝
하늘이 커다란 북이다

내 가슴에서는 심장이 뛴다
쿵 쿵 쿵
가슴이 북이다

\09/
시인의 하늘

어떤 순한 마음이 있어
하늘을 우러러
한 점 부끄럼 없기를 기도할까.

어떤 선한 마음이 있어
잎새에 이는
바람에도 괴로워할까.

후쿠오카 형무소에서 의문의 주사를 맞고
마지막 숨을 거두었을 때 그의 나이, 스물일곱.

춥고 어두운 형무소 안에서
고개를 들어 하늘을 원망하지 않았을까.

여리고 약한 듯 보이지만 약하지 않아.

자신의 마음을
미움에게 허락하지 않는 것은

죽어 가는 모든 것을
사랑하고자 하는 마음은.

시인도 연희전문학교에 다닐 때
고향을 떠나 종로구 누상동에서 하숙을 했다는데

윤동주 하숙집 터

그도 나처럼 할머니가 그리워
밤잠을 설치기도 했을까.

한글로 시를 짓고
민족 감정을 부추겼다는 이유로
형무소에 갇혔을 때

고향으로 보낼 수 있는 서신은 한 달에 한 번
일어로 쓴 엽서 한 장뿐.

그 그리움을 담기엔
엽서가 너무 작았겠다.

지금 내가 발 딛고 선 곳은
대한민국의 수도 서울.

윤동주 시인이 살았던 일제 강점기 때
서울을 부르던 이름은 경성.

시인은 가고, 시인의 시는 남아
이렇게 차고 널따란 돌에 새겨져 있다.

시인의
발자취를 따라 걷다 보니

시인의 발자국에 내 발을
포개어 본 것 같아.

어느덧 땅거미가
먹지처럼 내려앉는 시간.

가로등이
반짝, 켜지니

단단하고 성실한 마음을 가졌던
시인이 우리 곁을 비춰 주는 것 같아.

인왕산이 보이는 이곳에서
그 옛날의 시인처럼
하늘을 올려다본다.

오늘의 느낌을 눈으로
담아 둬야지.

박하사탕처럼 환한

시인의 바람이 불어온다.

서시

윤동주

죽는 날까지 하늘을 우러러
한 점 부끄럼이 없기를,
잎새에 이는 바람에도
나는 괴로워했다.
별을 노래하는 마음으로
모든 죽어 가는 것을 사랑해야지
그리고 나한테 주어진 길을
걸어가야겠다.

오늘 밤에도 별이 바람에 스치운다.

꿈속에서 따라온 나비

위이이이잉

가위질 소리가 꼭
도화지 오리는 것 같기도 하고

속속

눈 밟는 소리 같기도 하다.

삭삭

자르륵

나는 종이꽃.
가위가 스칠 때마다
꽃가루가 폴폴 날린다.

가위질하는 모양새가
꼭 나비를 오리는 것 같다.

머리 위로 팔랑팔랑
나비가 날아다닌다.

사르

사르륵—

솔솔 졸음이 온다.

꾸벅

깜빡 졸다 눈을 떴을 때
꿈결처럼 거울 속에
인경이가 있었다.

김잔디!
아까부터 너 보고
있었는데.

어?

잠이 덜 깬 줄 알았는데

네가 웃고 있었다.

나, 지금 꿈꾸는 건가?

잠깐만
움직이지 마!

볼에 머리카락
붙었다.
이거 옷 속에
들어가면
엄청 따가워.

너는 나비가 데려온

환상이었나?

이상해,
상상만으로

얼굴이 붉어지다니.

푹

속마음을 들킨 것처럼
부끄러워지다니.

나는 지금 꽃이다

이장근

팔랑팔랑
나비가 날아다니는 것 같다

사각사각
미용실 누나 손에 들린 은빛 가위

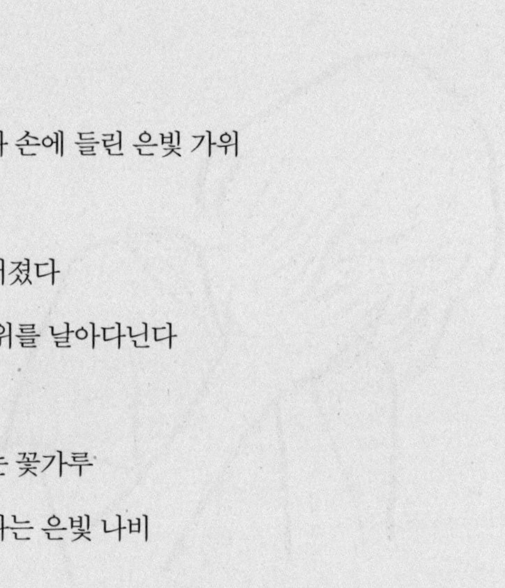

붙었다 떨어졌다
내 머리 주위를 날아다닌다

폴폴 날리는 꽃가루
살랑살랑 나는 은빛 나비

나는
지금

꽃이다

\ 11 /
나를 잊지 말아요

잔디야!
나 먹구슬
만들었어!

아, 책에서 봤어.
해태가 먹는다는
먹구슬?

이걸로
전생도
볼 수 있다!

신박한데?
내 전생도
볼 수 있어?

172

와····.
빛깔 한번 영롱하네!

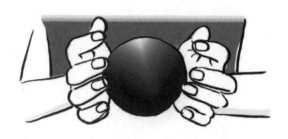

구슬아, 구슬아
내 전생을 보여 줘!

때는 바야흐로 조선 선조,
경성에 홍랑이란 기녀가 살았지.

홍랑은
시인 최경창과
사랑하는 사이였어.

그런데 최경창은 임금님의 부름 때문에
한양으로 가야만 했어.

흑흑
님아,
가지를 마소.

사랑하는 님과 이별해야 하는
홍랑의 마음은 무너질 것 같았지.

어느 날 홍랑은 시를 적은 편지를
버드나무 가지에 엮어 그에게 보냈단다.

이 묏버들을 당신이 주무시는
창밖에 심어 두고 보세요.

눈물로 먹을 찍어
보내옵니다.

밤비가 내려 새잎이 나거들랑
그게 나인 줄 아세요.

홍랑은 최경창이 죽은 뒤에도
수년간 홀로 묘를 지켰고

내 사랑은
내가 지키겠어요.

임진왜란 때도 고인의
유품을 지켜 후손에게 전했어.

뿌리 내린 버드나무처럼, 움직이지 못해서
만날 수 없는 사랑이지만

내 사랑만큼은 버드나무 가지처럼
휘늘어져 무성하다고

버드나무 가지에
새잎이 돋으면

새잎을 보듯이
나를 기억하라고.

묏버들 가려 꺾어

묏버들 가려 꺾어 보내노라 님의 손에

자시는 창밖에 심어 두고 보소서

밤비에 새잎 곧 나거든 날인가도 여기소서

182

횟! 그나저나 웃기다!
내가 수능 단골 손님인
홍랑이었다니!

그게 아니고
넌 식물이었어.
홍랑이 꺾었던
버드나무 가지!

헐!

\12/
너와 나 사이의 물길

예지야, 너도
이걸로 갈아입어!

근데 김잔디!
집에 혼자 있으면
안 무서워?

괜찮아. 아빠가 보름 동안
문학관에 계시는 거라···.
아, 배고프댔지?

좀 맵지?
짜파구리의 마무리는
고춧가루지!

역시 MSG는
미각의 종착역이야.

우리 엄마는 몸에 안 좋다고
라면 못 먹게 해.

세 살 때야.

큭!

액자 속에 아기, 너야?
완전 우량아였네!

타이어 캐릭터 실사판이네.
배부르니 눕고 싶다!
네 방 가자.

그냥 사실을
말한 것뿐이니까.
미안해할 일은 아냐.

그래···.

나는 내 힘으로 바꿀 수 없는 것에
포기가 빨라.

그렇구나.

잔디야, 나 왜 너랑
친구 하고 싶었는지 알아?

네가
잘 웃지 않기
때문이야.

난 좀 눈치가
빠른 편이거든.

그래서 내 기분과
다르게 분위기
맞춰 주려고
웃을 때가 많아.
특히 엄마한테.

아이고오··· 좋다!
캠핑 온 거 같아.

잔디야, 우리
진실 게임 할까?
나도 하나 말할게.
너도 하나 말해 줘.

나, 있잖아. 키스해 본 적 있어.
6학년 때! 진실 게임 하다가.

진짜?

누구랑?

야, 하나씩만
물어보기로 했잖아.
누군지는 일단 비밀!

네 차례야.
넌 좋아하는
사람 있어?

아····.
좋아하는 사람.

어? 뭐야!
얼굴 빨개졌어.
수상한데?

얘기해 봐!
응? 응?
나도 말했잖아!

그럼! 절대
비밀이다!
도장!

당연하지!

나, 황인경
좋아해.

헐! 대박!
이거 실화냐?
어, 언제부터?

소나기 왔던 날.
너 엄마가 기다린다고
일찍 갔잖아.
인경이가
우산 주고 갔었거든.

그랬었어?
와, 전혀 몰랐네.

진짜 비밀이다!
황인경은
아마, 모를 거야.

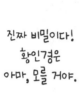

위층에서 물 내리는 소리가
종종 들리던 그 밤

쪼로로로로로로

와··· 안 물어봤으면
아예 몰랐을 뻔했어.

우리 사이에 작은 물길이 텄다.

이 친구와 오래 친하고 싶다.

우화(寓話)의 강(江) 1

마종기

사람이 사람을 만나 서로 좋아하면
두 사람 사이에 물길이 튼다.
한쪽이 슬퍼지면 친구도 가슴이 메이고
기뻐서 출렁거리면 그 물살은 밝게 빛나서
친구의 웃음소리가 강물의 끝에서도 들린다.

처음 열린 물길은 짧고 어색해서
서로 물을 보내고 자주 섞여야겠지만
한세상 유장한 정성의 물길이 흔할 수야 없겠지.
넘치지도 마르지도 않는 수려한 강물이 흔할 수야 없겠지.

긴말 전하지 않아도 미리 물살로 알아듣고
몇 해쯤 만나지 못해도 밤잠이 어렵지 않은 강,
아무려면 큰 강이 아무 의미도 없이 흐르고 있으랴.
세상에서 사람을 만나 오래 좋아하는 것이
죽고 사는 일처럼 쉽고 가벼울 수 있으랴.

큰 강의 시작과 끝은 어차피 알 수 없는 일이지만

물길을 항상 맑게 고집하는 사람과 친하고 싶다.

내 혼이 잠잘 때 그대가 나를 지켜보아 주고

그대를 생각할 때면 언제나 싱싱한 강물이 보이는

시원하고 고운 사람을 친하고 싶다.

인경이가
사귀는 거
비밀로 하자고 해서

말하면
안 되는데
어쩌지?

\13/
해도 지고, 나도 지고

망원동 고양이들의 핫 플레이스
성덕 빌라 옥상

서열 1위는 궁예.

독심술을 쓴다는 소문이 있어.

서열 2위는 오목이. 머리에 바둑 한 알을
올린 것 같아서 오목이라고 불러.

야, 신참!
너 일루 와 봐.

궁예는 먼저 나서지 않아.
딸마니들이 알아서 복종할 뿐.

대장!
쟤 성의 좀
확인하고 올게.

말귀만
알아듣게
살살해.

저··· 오목아!
캔 가져왔어.

응, 아니야.

왜, 왜 그래!

너 아까부터
말이 짧다.

꽉 그냥!
너 이거 누구 코에
갖다 붙이라고?

파박!

아얏!

하하, 형님, 이 녀석
패기 싱싱한 것 좀 보소.

아··· 안 돼욧!
폭력은! 나빠···요.

오랜만에 냥냥 펀치로
몸 좀 풀자!

파바바밥박

지는 해

정유경

친구와 싸워 진 날 저녁
지는 해를 보았네.

나는 분한데
붉게
지는 해는 아름다웠네.

지는 해는 왜
아름답냐?

지는 해 앞에 멈춰 서서
나는 생각했네.

지는 것에 대해서.

\14/
내 이름을 불러 줘

사실 말이야····.

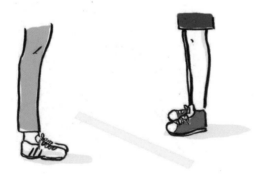

내가 너와
자주 마주치는 건

네가 다니는 그 길에

내가 먼저 가서
기다리고 있었기 때문이야.

혹시라도 너를
마주치게 될까 기대하면서,

막상 마주치게 된다면
무슨 말을 할까, 걱정하면서.

마침내
네가 자주 다니는
지하철역에서
너를 보았을 때

빠아아앙~

지하철이 지상으로 올라왔지.
어두운 곳에서, 밝은 곳으로.

마치 이곳과는
다른 세상에 둘만 남겨진 것처럼.

눈이 부셨어.

너만 보였어.

초콜릿을 주려고
네 이름을 불렀을 때

황인경!
이거···.

내가 너의 이름을 불렀을 때

간다!

휙

너는 나에게 '순간'이 되었다.

잊히지 않는 순간.

너도 내 이름을 불러 준다면

나도 너의 의미가 될 수 있을 텐데···.

그 시간은 짧은 꿈처럼 지나가고

잘 가.

늘 보던 풍경이 오늘은 새롭게 보여.

창밖의 하늘빛과 표정을 바꾸는 구름,
가로수와 꽃과 지붕이

코앞으로 바짝 끌어당긴듯
선명하게 다가와.

내 고백 받아 주지 않으면 어쩌지?

얼굴을 어떻게 보지?

그래도 괜찮아.
너는 내게 특별한 의미가 되었으니까.

고마워, 열네 살
나의 첫사랑.

꽃

김춘수

내가 그의 이름을 불러 주기 전에는
그는 다만
하나의 몸짓에 지나지 않았다.

내가 그의 이름을 불러 주었을 때
그는 나에게로 와서
꽃이 되었다.

내가 그의 이름을 불러 준 것처럼
나의 이 빛깔과 향기에 알맞는
누가 나의 이름을 불러 다오.
그에게로 가서 나도
그의 꽃이 되고 싶다.

우리들은 모두
무엇이 되고 싶다.
너는 나에게 나는 너에게
잊혀지지 않는 하나의 의미가 되고 싶다.

\ 15 /
내 마음의 문장 성분

내 주위의 사람들로
문법책을 만든다면

난 그것을
'내 마음의 문장 성분'이라고 부를래.

내 마음의 의미로 나눈 관계.

내 마음의 의미로 나눈 문장 성분.

해태는 주어. 내 마음을
기분 좋게 움직이는 귀요미.

잔디야!
졸리니까
토닥토닥해 줘.

'가장'이라는 부사어를 넣으면
해태는 세상에서
가장 귀엽게 움직이는
주어가 되지.

예지는 서술어.
언제나 혼자였던 나에게
먼저 손 내밀어 준 너.

'나의 제일 친한 친구는' 뒤에
올 수 있는 서술어는 '예지이다.' 뿐이지.

할머니는 관형어.
관형어가 체언 앞에 놓여
체언을 꾸며 주는 역할을 하듯이

내 앞에서 나를 비춰 주는
등대의 불빛.
나를 지켜 주는 사람.

엄마는 부사어.
있어도 되고 없어도 되는 부사어이지만

나에겐 소중해.
무엇도 '결코' 대신할 수 없는 나만의 부사어, 엄마.

아빠는 보어.
내가 어떤 사람이 되어야 좋을지
안내해 주는,

무엇이 아닌지, 잘못됐는지
알게 해 주는 존재.

그리고 황인경,
너는 내 마음의 **독립어.**

생각만 해도 아!
두근거려.

아무렇지 않은 척해도
어쩌다 네가 내 옆에 앉으면
속으로 깜짝 놀라.

네가 눈앞에 있으면
머릿속에 '아주', '몹시'와 같은
부사어가 '마구' 끼어들어.

어깨라도 스치면
심장은 아주 빠르게 뛰고
얼굴은 몹시 빨개져.

친구들 사이에서도 너만 눈에 띄어.
너는 나를 감탄하게 하는 독립된 존재,
내 마음속에 홀로 우뚝 솟아 있지.

내 마음의 문법책에 적어 두었지.

함께 있어 소중한 이들!

통사론(統辭論)

주어와 서술어만 있으면 문장은 성립되지만

그것은 위기와 절정이 빠져 버린 플롯 같다.

'그는 우두커니 그녀를 바라보았다.'라는 문장에서

부사어 '우두커니'와 목적어 '그녀를' 제외해 버려도

'그는 바라보았다.'는 문장은 이루어진다.

그러나 우리 삶에서 '그는 바라보았다.'는 행위가

뭐 그리 중요한가

우리 삶에서 중요한 것은

주어나 서술어가 아니라

차라리 부사어가 아닐까

주어와 서술어만으로 이루어진 문장에는

눈물도 보이지 않고

가슴 설렘도 없고

한바탕 웃음도 없고

고뇌도 없다.

우리 삶은 그처럼

결말만 있는 플롯은 아니지 않은가.

'그는 힘없이 밥을 먹었다.'에서

중요한 것은 그가 밥을 먹은 사실이 아니라

'힘없이' 먹었다는 것이다.

역사는 주어와 서술어만으로도 이루어지지만

시는 부사어를 사랑한다.

나님처럼 몽실한 털북숭이의 느끼김만
표현하는 품사는 없나?

할짝

예를 들어 몽글말랑 같은
촉감사?

발라당

\ 16 /
새살이 돋는다는 것

책 보고 있었지.
결말도 뻔하고
재미는 없어.

엇! 초콜릿!

먹을래?

아까 황인경이
와서 주고 가더라.

인경이가?

그러고 보니
내가 인경이한테 준
초콜릿과 같은 거네.

나 요새 살쪄서
단 거 잘 안 먹는데‥‥.

사 달라고 한 적
없는데
황인경도 참 엉뚱해.

예지야, 나
잠깐 화장실 좀
다녀올게.

뭐야··· 황인경····

얼마나 고심해서 고른 초콜릿인데···.

몇 날 며칠을 망설이고 기다리다 용기 낸 건데!

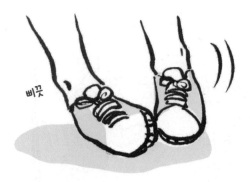

아····.

오늘 진짜
왜 이래.

주륵—

어릴 때부터
난 항상 그랬다.
칠칠치 못하게
넘어지고 또 넘어지고····.

피··· 난다.

자꾸 눈물이 나서
마음에 물이 찬다.
눈앞이 흐리다.

그런데 왜 하필 예지야···.
인경이는 예지를 좋아하는 걸까?

넘어져서 상처 난 건
약을 바르면 되지만
마음은 어떻게 낫지?

마음은 뭘까···.
보이지도 않는데
만질 수도 없는데
이토록 선명하게
아프다니.

딱지

이준관

나는 어릴 때부터 그랬다.

칠칠치 못한 나는 걸핏하면 넘어져

무릎에 딱지를 달고 다녔다.

그 흉물 같은 딱지가 보기 싫어

손톱으로 득득 긁어 떼어 내려고 하면

아버지는 그때마다 말씀하셨다.

딱지를 떼어 내지 말아라 그래야 낫는다.

아버지 말씀대로 그대로 놓아두면

까만 고약 같은 딱지가 떨어지고

딱정벌레 날개처럼 하얀 새살이

돋아나 있었다.

지금도 칠칠치 못한 나는

사람에 걸려 넘어지고 부딪히며

마음에 딱지를 달고 다닌다.

그때마다 그 딱지에 아버지 말씀이

얹혀진다.

딱지를 떼지 말아라 딱지가 새살을 키운다.

아빠, 눈에
보이지 않는 것들 중에서
제일 아픈 건

마음 같아요.

잔디,
무슨 일 있니?

마음의 겉과 속

야! 김잔디!
아까부터 불렀는데!

고미린!
미안, 딴생각하느라고···.

나, 너한테 조용히
할 말 있는데···.

뭔데? 여기서 하면
안 되는 얘기야?

응.

무슨 얘긴데
여기까지?

김잔디 너, 이예지가
어떤 앤지 알고
같이 다니는 거야?

예지가 왜?

이예지, 걔 무서운 애야. 항상
주목받고 싶어 하는 관종이라고‥‥.

초등학교 때 내 친구 따돌려서
그 친구가 전학 간 건 알고 있어?

으음‥‥.

야! 너 진짜 나중에
후회한다니까!
내 말 흘려듣지 마.

걔 진짜
무서운 애라고.

고미린! 진짜. 충고랍시고 예지 흉본 거잖아.
겉은 하얀 백로인 척하면서 속은 시커먼 까마귀야.

근데 뭐, 나도 솔깃해.
인경이가 예지한테 초콜릿을 줘서 질투하는 건지···.

근데 잔디야!
인간들의 겉과 속이란 거 그렇게 뚜렷이 구분될까?

탁!
탁!

보통은 까마귀와 백로가 섞인 그러데이션,
비둘기색 정도로 적당히 마음 맞추고 살지 않나?

까마귀 검다 하고

이직

까마귀 검다 하고 백로야 웃지 마라

겉이 검은들 속조차 검을쏘냐

겉 희고 속 검은 것은 너뿐인가 하노라

\18/
아픈데 슬프기까지

마치 커다란 망고가 들어가 있는 것처럼
아랫배가 묵직하다.

망고가 물 풍선처럼 부푸는 느낌.

다치지도 않았는데 피가 나다니···.

생리대 광고는 밝고 상쾌하기만 하던데
뭔가 이렇게 찝찝해.

안색이 안 좋네.
어디 아프니?

보건 샘, 저····.
생리하나 봐요.

아, 처음이구나?
부끄러워하지 않아도 돼!
건강하게 잘 자라고
있단 뜻이야.

수정이 이뤄지지 않으면
자궁벽이 떨어져 나오는데,
그게 바로 월경이야.

네‥‥.

일단 이걸로 써.
나오는 양 봐서
사이즈 골라야 해.

순면

습하면 위생상
좋지 않으니까
자주 갈아 주고.

통증이 심하면 한 알 먹고,
나아지지 않으면 병원 가 봐야 해.

샘, 고맙습니다.

배 찜질 하면서
누워서 쉬어.

할머니한테 전화할까···.
아빠한테도 말해야겠지.
괜히 어색해.

아무래도 조퇴하는 게 낫겠다.

50세 전후 폐경이라고 배웠으니까
앞으로 몇 년 동안 생리를 해야 하는 거지?
쉽지 않구나. 여자의 일생.

엄마도 내 나이 때
생리를 했을까?

중형, 날개가····.

학생, 이거
검은 봉지에 넣어 줄게.
그냥 들고 가기 그렇잖아?

예?
그냥 주셔도
괜찮은데····.

아빠도 해태도
어디 간 거야.

이럴 때
엄마가 있었으면···.

얼굴도 기억 안 나는 엄마가 그립다.

여덟 살 때인가 앞니가 빠졌을 때
혀로 잇몸을 더듬어 본 적 있다.

오늘 기분이 그렇다.
물컹하고 허전하다.

단순히 그립다는 말로
설명할 수 없는 엄마.
기억도 없는데 그립다.

뻘 같은 그리움

문태준

그립다는 것은 당신이 조개처럼 아주 천천히 뻘흙을 토해 내고
있다는 말

그립다는 것은 당신이 언젠가 돌로 풀을 눌러놓았었다는 얘기

그 풀들이 돌을 슬쩍슬쩍 밀어 올리고 있다는 얘기

풀들이 물컹물컹하게 자라나고 있다는 얘기

\19/
말은 힘이 세!

들어 봐야 좋은 얘기도
아닌데 굳이 말할 필요가····.

하긴····
고미린이 내 얘길
좋게 할 리가 없지.
뒷담화도 참
일관성 있게 하네.

예지야,
가장 친한 친구라고 해서
모든 걸 다 말할 필요가 있을까?

들어서 기분 나쁠 말이라면
아예 듣지 않는 게···.

그래?

들어서 기분 나쁜 말 했다는 거네.
너도 미린이랑 내 얘기 했구나?

그냥 미안하다는
말 한마디면 되는데····.
실망이다 정말. 나 먼저 간다!

휙

야, 내 얘기
끝까지 들어 봐.

내 마음에는 고집 센
말이 한 마리 사나 보다.

도르르륵

고삐를 당겨도
따라오지 않는 말[言]
괜히 위로하거나
빈말하기 싫은 말[言].

구르르르

미린이가 한 말을 그대로 전하면
예지가 상처받을까 봐,
말 안 한 건데···.

얘길 했어야
했나···.

그날 이후,
예지는 내 눈을
피한다.

어색—

무슨 말을 해야
어색해진 사이가 풀어질까?

미린이가 무슨 말을 했든
지금 내 옆에 있는 친구는
바로 너야.

그 말 한마디면 우리
예전으로 돌아갈 수 있을까?

서운했던 마음이 사라지고
가슴이 따뜻해지는
그런 말이 있을까.

참 힘센 말

정진아

말은
힘이 세지,
정말 힘이 세지.

짐수레를 끌고
따각따각 달리는 말보다
말은
힘이 더 세지.

"미안해." 한마디면
서운했던 생각이 멀어지고
화난 마음 살살 녹지.

"잘할 수 있어." 한마디에
가슴이 따뜻해지고
없던 힘도 불끈 솟지.

\20/
나는 씨앗, 교실은 우주

각자 화분에 이름 쓰고
관찰 일지 다음 주까지! 알았지?

내가 태어나지 않았을 때

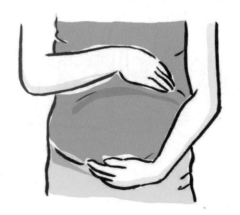

나는 따뜻한 흙 속의
씨앗처럼 캄캄한 잠을 잤을까?

하늘에 흩뿌려진 별처럼
내가 하나의 점이었을 때

엄마는 내가 어떤 모습으로
자라길 바랐을까.
어떤 시간이 자라길 바랐을까.

엄마!
나는 잘 지내요.
키도 6학년 때보다
5.4cm 더 자랐고

요즘은 책보다 거울을
더 자주 봐요.

뾰루지····.

잘 모르겠지만 첫사랑이
사랑니처럼 아프다는 것도
조금은 알 것 같아요.

친한 사이일수록
위로가 될 수도 있지만

가깝기 때문에 쉽게
상처가 될 수 있다는 것도요.

우주는 과거에 엄청난 폭발을 일으켜
탄생했다는데

저 먼 우주처럼 내 마음도
크고 작은 불꽃들이 생겨나

폭발했다가 하나로 합쳐지고
소란했던 마음들이 사라지기도 하나 봐요.

엄마가 있었더라면
나의 움츠린 시간을
천천히 펼쳐 보여 줄 텐데.

씨앗을 품은 나의 작은 우주를
보여 줄 텐데···.

엄마, 나는 잘 자라고 있어요.

씨앗처럼, 빅뱅 이전의 우주처럼
고요히 자라고 있어요.

이렇게, 씩씩하게, 단단하게
잔디처럼 자라고 있어요.

가끔 소매로 눈물을
꾹 찍어 내는 날도 있지만

웃고, 울고, 실망하고 다짐하며

각기 다른 우주를 품은 이 교실에서.

교실

이삼남

꽃망울이다
청춘의
닫히지 않은 성장판이다

꽃의 속살은
움츠린 시간처럼
고요히
제각각
자라나고 있다

빅뱅 이전의 숨죽인 우주다

2권에서 계속됩니다.

김춘수
1922~2004

1948년 첫 시집 『구름과 장미』를 내며 작품 활동을 시작했다. 시집 『늪』, 『꽃의 소묘』, 『부다페스트에서의 소녀의 죽음』, 『타령조 기타』, 『처용』, 『꽃의 소묘』, 『남천』, 『처용 단장』, 『의자와 계단』 등이 있다.

나희덕
1966~

1989년 『중앙일보』 신춘문예에 시가 당선되며 작품 활동을 시작했다. 시집 『뿌리에게』, 『그 말이 잎을 물들였다』, 『그곳이 멀지 않다』, 『어두워진다는 것』, 『말들이 돌아오는 시간』, 『파일명 서정시』 등이 있다.

마종기
1939~

1959년 『현대 문학』에 시가 추천되며 작품 활동을 시작했다. 시집 『조용한 개선』, 『두 번째 겨울』, 『변경의 꽃』, 『안 보이는 사랑의 나라』, 『이슬의 눈』, 『새들의 꿈에서는 나무 냄새가 난다』 등이 있다.

문태준
1970~

1994년 『문예 중앙』 신인 문학상에 시가 당선되며 작품 활동을 시작했다. 시집 『수런거리는 뒤란』, 『맨발』, 『가재미』, 『그늘의 발달』, 『먼 곳』, 『우리들의 마지막 얼굴』, 『내가 사모하는 일에 무슨 끝이 있나요』 등이 있다.

박상천
1955~

1980년 『현대 문학』에 시가 추천되며 작품 활동을 시작했다. 시집 『사랑을 찾기까지』, 『말없이 보낸 겨울 하루』, 『5679는 나를 불안케 한다』, 『낮술 한잔을 권하다』 등이 있다.

박성우
1971~

2000년 『중앙일보』 신춘문예에 시가, 2006년 『한국일보』 신춘문예에 동시가 당선되며 작품 활동을 시작했다. 시집 『거미』, 『가뜬한 잠』, 『자두나무 정류장』, 『웃는 연습』, 청소년시집 『난 빨강』, 『사과가 필요해』 등이 있다.

복효근
1962~

1991년 『시와 시학』에 시를 발표하며 작품 활동을 시작했다. 시집 『당신이 슬플 때 나는 사랑한다』, 『버마재미 사랑』, 『누우 떼가 강을 건너는 법』, 『목련꽃 브라자』, 『마늘 촛불』, 『따뜻한 외면』, 청소년시집 『운동장 편지』 등이 있다.

신경림
1935~

1956년 『문학예술』에 시가 추천되며 작품 활동을 시작했다. 시집 『농무』, 『새재』, 『달 넘세』, 『가난한 사랑 노래』, 『뿔』, 『낙타』, 『사진관집 이층』, 동시집 『엄마는 아무것도 모르면서』 등이 있다.

오세영
1942~

1968년 『현대 문학』에 시가 추천되며 작품 활동을 시작했다. 시집 『반란하는 빛』, 『가장 어두운 날 저녁에』, 『적멸의 불빛』, 『봄은 전쟁처럼』, 『문 열어라 하늘아』, 『임을 부르는 물소리 그 물소리』, 『바람의 그림자』 등이 있다.

윤동주
1917~1945

15세 때부터 시를 쓰기 시작했고 1936년 『카톨릭 소년』에 동시를 발표하기도 했다. 일본 유학 중이던 1943년 경찰에 체포되어 1945년 감옥에서 작고했다. 1948년 유고 시집 『하늘과 바람과 별과 시』가 출간되었다.

이삼남
1971~

1999년 『창조 문학』에 시를 발표하며 작품 활동을 시작했다. 시집 『빗물 머금은 잎사귀를 위하여』, 『침묵의 말』 등이 있다.

이시영
1949~

1969년 『중앙일보』 신춘문예에 시조가 당선되었으며, 같은 해 『월간 문학』 신인상에 시가 당선되며 작품 활동을 시작했다. 시집 『만월』, 『바람 속으로』, 『길은 멀다 친구여』, 『은빛 호각』, 『바다 호수』, 『호야네 말』, 『하동』 등이 있다.

이장근	2008년 『매일신문』 신춘문예에 시가 당선되며 작품 활동을
1971~	시작했다. 시집 『꿘투』, 청소년시집 『악어에게 물린 날』, 『나
	는 지금 꽃이다』, 『파울볼은 없다』, 동시집 『바다는 왜 바다일
	까?』, 『칠판 볶음밥』 등이 있다.

이장근
1971~

2008년 『매일신문』 신춘문예에 시가 당선되며 작품 활동을 시작했다. 시집 『꿘투』, 청소년시집 『악어에게 물린 날』, 『나는 지금 꽃이다』, 『파울볼은 없다』, 동시집 『바다는 왜 바다일까?』, 『칠판 볶음밥』 등이 있다.

이장희
1900~1929

1924년 『금성』에 시를 발표하며 작품 활동을 시작했다. 백기만이 엮은 『상화와 고월』에 유고 시 「봄은 고양이로다」 등 11편이 수록되었다.

이준관
1949~

1971년 『서울신문』 신춘문예에 동시가, 1974년 『심상』 신인상에 시가 당선되며 작품 활동을 시작했다. 시집 『열 손가락에 달을 달고』, 『가을 떡갈나무 숲』, 『부엌의 불빛』, 『천국의 계단』 등이 있다.

이직
1362~1431

고려 말에서 조선 초기의 문신. 『가곡원류』에 시조 한 편이 전하며, 문집 『형재 시집』이 있다.

정유경
1974~

2007년 『창비 어린이』에 동시를 발표하며 작품 활동을 시작했다. 동시집 『까불고 싶은 날』, 『까만 밤』 등이 있다.

정진아
1965~

1988년 『아동 문학 평론』 신인상에 동시가 당선되며 작품 활동을 시작했다. 동시집 『난 내가 참 좋아』, 『엄마보다 이쁜 아이』, 『힘내라 참외 싹』 등이 있다.

정호승
1950~

1972년 『한국일보』 신춘문예에 동시가, 1973년 『대한일보』 신춘문예에 시가 당선되며 작품 활동을 시작했다. 시집 『슬픔이 기쁨에게』, 『사랑하다가 죽어 버려라』, 『외로우니까 사람이다』, 『포옹』, 『밥값』, 『여행』 등이 있다.

최승호
1954~

1977년 『현대 시학』에 시가 추천되며 작품 활동을 시작했다. 시집 『대설 주의보』, 『세속 도시의 즐거움』, 『그로테스크』, 『방부제가 썩는 나라』, 동시집 『말놀이 동시집』, 『치타는 짜장면을 배달한다』 등이 있다.

홍랑
생몰년 모름

조선 선조 때 함경남도 홍원의 기생.

| 작품 출처 |

김춘수   「꽃」,『부다페스트에서의 소녀의 죽음』, 춘조사, 1959

나희덕   「허락된 과식」,『어두워진다는 것』, 창비, 2001

마종기   「우화의 강 1」,『그 나라 하늘빛』, 문학과지성사, 1991

문태준   「뻘 같은 그리움」,『맨발』, 창비, 2004

박상천   「통사론」,『5679는 나를 불안케 한다』, 문학아카데미, 1997

박성우   「발표, 나만 그런가?」,『사과가 필요해』, 창비, 2017

복효근   「절친」,『운동장 편지』, 창비교육, 2016

신경림   「동해 바다—후포에서」,『길』, 창비, 1990

오세영   「유성」,『적멸의 불빛』, 문학사상사, 2001

윤동주   「서시」,『정본 윤동주 전집』, 문학과지성사, 2004

이삼남   「교실」,『처음엔 삐딱하게』, 창비교육, 2015

이시영   「성장」,『은빛 호각』, 창비, 2003

이장근   「나는 지금 꽃이다」,『나는 지금 꽃이다』, 푸른책들, 2013

이장희   「봄은 고양이로다」,『상화와 고월』, 청구출판사, 1951

이준관   「딱지」,『천국의 계단』, 서정시학, 2014

이직   「까마귀 검다 하고」,『정본 시조 대전』, 심재완 편저, 일조각, 1984

정유경   「지는 해」,『까만 밤』, 창비, 2013

정진아   「참 힘센 말」,『엄마보다 이쁜 아이』, 푸른책들, 2012

정호승   「고래를 위하여」,『외로우니까 사람이다』, 열림원, 1998

최승호   「북」,『말놀이 동시집 4』, 비룡소, 2008

홍랑   「묏버들 가려 꺾어」,『한국 고전 시가선』, 고미숙·임형택 엮음, 창비, 1997

| 수록 교과서 |

지은이	작품명	수록 중학교 국어 교과서(2015 개정)
김춘수	「꽃」	천재(박영목) 3-1
나희덕	「허락된 과식」	교과서 밖의 시
마종기	「우화의 강 1」	교과서 밖의 시
문태준	「뻘 같은 그리움」	교과서 밖의 시
박상천	「통사론」	교과서 밖의 시
박성우	「발표, 나만 그런가?」	교과서 밖의 시
복효근	「절친」	창비(이도영) 2-1
신경림	「동해 바다―후포에서」	천재(박영목) 1-2
오세영	「유성」	비상(김진수) 1-1
윤동주	「서시」	미래엔(신유식) 1-1, 교학사(남미영) 1-2, 지학사(이삼형) 1-2
이삼남	「교실」	금성(류수열) 1-1
이시영	「성장」	교학사(남미영) 1-1, 금성(류수열) 1-2
이장근	「나는 지금 꽃이다」	창비(이도영) 1-1
이장희	「봄은 고양이로다」	동아(이은영) 1-1, 비상(김진수) 1-1
이준관	「딱지」	천재(노미숙) 1-2
이직	「까마귀 검다 하고」	금성(류수열) 1-1, 지학사(이삼형) 1-2, 동아(이은영) 2-1
정유경	「지는 해」	교과서 밖의 시
정진아	「참 힘센 말」	천재(박영목) 1-2
정호승	「고래를 위하여」	미래엔(신유식) 1-1
최승호	「북」	금성(류수열) 1-1
홍랑	「묏버들 가려 꺾어」	지학사(이삼형) 1-1

청소년 마음 시툰

안녕, 해태 1

초판 1쇄 발행 • 2019년 12월 12일
초판 7쇄 발행 • 2023년 12월 7일

글그림 • 싱고(신미나)
펴낸이 • 김종곤
편집 • 서영희
디자인 • 김선미 장민정
조판 • 이주니
펴낸곳 • (주)창비교육
등록 • 2014년 6월 20일 제2014-000183호
주소 • 04004 서울특별시 마포구 월드컵로12길 7
전화 • 1833-7247
팩스 • 영업 070-4838-4938 / 편집 02-6949-0953
홈페이지 • www.changbiedu.com
전자우편 • contents@changbi.com

ⓒ 신미나 2019
ISBN 979-11-89228-74-3 44810
ISBN 979-11-89228-73-6 (세트)